ファビエンとアンジェリカへ、

愛をこめて。

The Fairy House : Fairy Party
by Kelly McKain

First published in 2008 by Scholastic Children's Books

Japanese translation rights arranged with Kelly McKain
c/o The Joanna Devereux Literary Agency, Herts
through Tuttle-Mori Agency, Inc., Tokyo

ひみつの妖精《ようせい》ハウス

きょうは誕《たん》生《じょう》日《び》パーティー!

The Fairy House

ケリー・マケイン 作

田中亜希子 訳

まめゆか 絵

ポプラ社

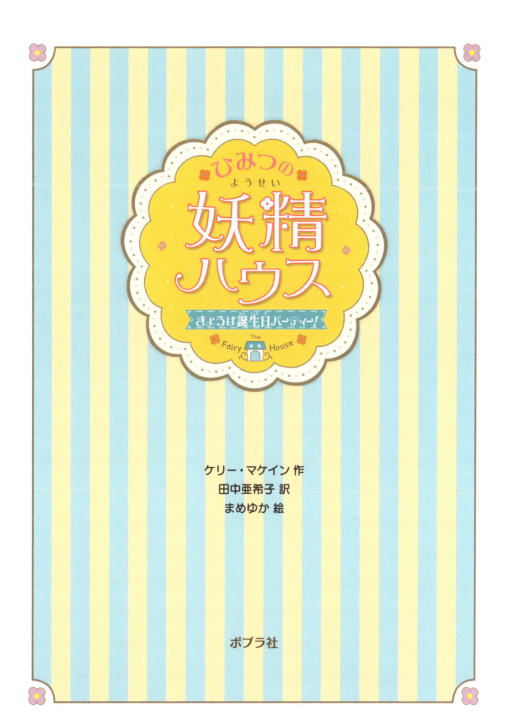

もくじ

みんな、元気《げんき》？

また会《あ》えて、うれしいな☆

わたしね、このところずっと、
夢《ゆめ》を見《み》ているような気分《きぶん》なの。

だって……ほんものの妖精《ようせい》と友《とも》だちになったんだもん。
しかも、わたしのドールハウスにすんでるんだよ！

ね？ びっくりでしょ？

わたしもびっくり。今《いま》もまだしんじられないくらい。
でもね、ほんとのことなんだ。

友《とも》だちの名前《なまえ》は、ブルーベル、デイジー、
サルビアに、スノードロップ。

妖精《ようせい》をしんじてる人《ひと》には、
ちゃんとすがたが見《み》えるんだって。

みんなにも、きっと、見《み》えるよね☆

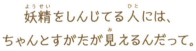

人物紹介《じんぶつしょうかい》

Pure

ピュア

ロンドンから来《き》た女《おんな》の子《こ》。
妖精《ようせい》をしんじていて、
夢見《ゆめみ》ることがすき。
新《あたら》しい家《いえ》にママとすんでいる。

妖精《ようせい》ハウス

オークの木《き》の下《した》に
おいてある、ピュアの
ドールハウス。
妖精《ようせい》たちがすんでいる。

Bluebell

ブルーベル

元気《げんき》いっぱいの春《はる》の精《せい》。
うれしいのもかなしいのも、
すぐ顔《かお》にでちゃう！

Daisy

デイジー

心《こころ》やさしい夏《なつ》の精《せい》。
いつもみんなを見守《みまも》って
いる、お姉《ねえ》さん的存在《てきそんざい》。

Salvia

サルビア

しっかりものの秋《あき》の精《せい》。
自分《じぶん》の意見《いけん》をはっきりいう
タイプ。ピアノが得意《とくい》。

Snowdrop

スノードロップ

はずかしがりやの冬《ふゆ》の精《せい》。
ふだんはおとなしいけれど、
実《じつ》はいちばんの大物《おおもの》？

第1章
誕生日《たんじょうび》の歌《うた》

「うわあ、とってもいい天気《てんき》！」

ピュアは家《いえ》の玄関《げんかん》をあけたとたん、夏《なつ》の朝《あさ》のまぶしい光《ひかり》に目《め》をほそめました。それからすぐにかけだします。行《い》き先《さき》は四人《にん》の友《とも》だちのところ。話《はな》したいことがあって、わくわくしています。

庭《にわ》のはずれまでやってきたピュアは、針金《はりがね》一本《ぽん》のフェンスをくぐりぬけました。そこから先《さき》は野原《のはら》が広《ひろ》がっています。おいしげる草《くさ》や色《いろ》とりどりの花《はな》のなかをかけていくと、オークの木《き》の前《まえ》にたどりつきました。

木《き》の下《した》には、小《ちい》さな家《いえ》があります。とてもとても小《ちい》さな家《いえ》、ドールハウスです。

〈妖精《ようせい》ハウス〉という名前《なまえ》のついているその家《いえ》には、ピュアの四人《にん》の友《とも》だちがすんでいます。

そう、ピュアの友《とも》だちは、妖精《ようせい》なのです。

春《はる》の妖精《ようせい》ブルーベル、夏《なつ》の妖精《ようせい》デイジー、秋《あき》の妖精《ようせい》サルビア、冬《ふゆ》の妖精《ようせい》スノードロップの四人《にん》。

ここに引《ひ》っこしてきたばかりのある晩《ばん》、ピュアは自分《じぶん》のピンクのドールハウスをオークの木《き》の下《した》におきっぱなしにしてしまいました。そして、よく朝《あさ》もどってみると、なかに妖精《ようせい》がすみはじめているではありませんか。それがブルーベルたちだったのです。四人《にん》とは、

けんかもしましたが、さいごには友《とも》だちになり、ドールハウスを四人《にん》の家《いえ》にしてあげたのでした。

　ピュアは妖精《ようせい》ハウスの前《まえ》に来《く》ると、かがんで、小指《こゆび》を玄《げん》関《かん》のドアノブにのせました。ドアノブにはあらかじめ、ブルーベルが魔法《まほう》の粉《こな》〈フェアリーパウダー〉をかけています。

ピュアは小《ちい》さな声《こえ》で魔法《まほう》のことばをとなえました。

「妖精《ようせい》をしんじます……妖精《ようせい》をしんじます……妖精《ようせい》をしんじます！」

とたんに、頭《あたま》のてっぺんがチリチリしました。つづいて、ボン！という音《おと》。まわりにあるものが、なにもかも、どんどん大《おお》きくなっていきます。でもほんとうはもちろん、ピュアの体《からだ》が小《ちい》さくなっているのです。

ちぢむのが止《と》まったとき、ピュアは妖精《ようせい》たちと同《おな》じ大《おお》きさになっていました。

玄関《げんかん》のドアから妖精《ようせい》ハウスのなかに入《はい》ると、四人《にん》の声《こえ》が聞《き》こえてきました。小《ちい》さな鈴《すず》の音《ね》のような、かわいらしい声《こえ》です。そちらへ歩《ある》いていくと……いました！

四人《にん》ともリビングで、バラの花《はな》びらでできたカーペットにすわり、お気《き》に入《い》りの妖精《ようせい》の歌《うた》をうたっています。

部屋《へや》に入《はい》ってきたピュアを見《み》るなり、みんなは立《た》ちあがって、わっとピュアにだきつきました。

「ピュア、いらっしゃい！」とデイジー。

「うちら、まってたんだよ」とブルーベル。

「いま、みんなでいろんな歌《うた》をうたってたの」とサルビア。

「ピュアもいたらなあって思《おも》ってました」とスノードロップ。

「わたしも、早《はや》くみんなに会《あ》いたくて、走《はし》ってきちゃった」

ピュアがそういうと、スノードロップがにっこりわらっていいました。

「ピュアもいっしょにうたいましょう。どんな歌《うた》がいいですか?」

「そしたら……『ハッピーバースデー』っていう歌《うた》は知《し》ってる?」

思《おも》わず笑顔《えがお》になりながら、ピュアはたずねました。

サルビアが首《くび》をかしげます。

「どういう歌《うた》?」

「誕生日《たんじょうび》の人《ひと》のために、うたってあげる歌《うた》! ねえ、みんなはあした、わたしのために『ハッピーバースデー』をうたうことになるよ。だって、あしたは……わたしの誕生日《たんじょうび》だから!」

ピュアはさけびました。あんまりうれしくて、体《からだ》がはちきれそうです。

ところが、四人《にん》はぴんときていません。ぽかんとピュアを見《み》つめるばかりです。

「まさかみんな、誕生日《たんじょうび》を知《し》らないの？　だれかが生《う》まれた日《ひ》のこと！　その人《ひと》のためのパーティーに、ケーキに、プレゼントが用意《ようい》されて……一年《ねん》でいちばんハッピーな日《ひ》だよ！」

四人《にん》は、目《め》を丸《まる》くしてピュアを見《み》つめました。

「それって、つまり、あしたはまるまる一日《にち》が、ピュアのためのスペシャルサービスデーってこと……!?」

ブルーベルが息《いき》をのみます。

ピュアはにこにこしながら、大《おお》きくうなずきました。

すると、サルビアがうらやましそうにいいました。

「いいなあ、ピュア。あたしたちにも誕生日《たんじょうび》があればよかったのに」

HAPPY
BIRTH
DAY

わけがわからず、なにもいえないピュアに、スノードロップがせつめいしてくれました。

「わたしたちには、誕生日《たんじょうび》がないんです。でも誕生《たんじょう》シーズンはありますよ。春生《はるう》まれ、夏生《なつう》まれ、秋生《あきう》まれ、冬生《ふゆう》まれというふうに。わたしは冬生《ふゆう》まれの冬《ふゆ》の妖精《ようせい》です。毎年《まいとし》、冬《ふゆ》になると、妖精《ようせい》の女王《じょおう》さまが冬《ふゆ》の妖精《ようせい》を全員《ぜんいん》よんでフェアリーパーティーをひらいてくださいます。みんなでレモン味《あじ》のつららとか、おいしいスイーツを食《た》べたり、こおった湖《みずうみ》でスケートをしたり、雪《ゆき》だるまをつくったり、そりのレースをしたり……それはもう、もりだくさんのパーティーなんです！」

「うわあ、楽《たの》しそう！」

ピュアは心《こころ》からいいました。というのも、頭《あたま》のなかに、スノードロップたち四人《にん》と自分《じぶん》が、こおった湖《みずうみ》でクスクスわらいながらつかまりあって、スケートをしているところがうかんだからです。

「ピュアも、あしたはフェアリーパーティーみたいなことをして楽《たの》しむんでしょ？」

ブルーベルの問《と》いかけに、ピュアは口《くち》ごもりました。

「ううん、パーティーはしないの。かわりのお楽《たの》しみはあるけど。ママとジェーンおばさんとわたしの三人《にん》で、町《まち》なかに出《で》て、映画《えいが》をみて、そのあと、おいしいものを食《た》べるんだ」

「じゃあ、わたしたちとパーティーはしないの？」

デイジーにいわれて、ピュアはかたをすくめました。

「さいしょからパーティーのことは考《かんが》えてなかったから……」

もちろん、そんなことはありません。ほんとうは、パーティーをしたくてたまりませんでした。でも、友《とも》だちのリリー・ローズは、夏休《なつやす》みなので、いとこといっしょに旅行《りょこう》に行《い》っています。ほかによべる子《こ》は、いません。

引《ひ》っこしてまもないピュアには、新《あたら》しい学校《がっこう》に友《とも》だちとよべる子《こ》が、まだいませんでした。リリー・ローズは乗馬《じょうば》の大会《たいかい》で友《とも》だちになった、べつの学校《がっこう》の子《こ》です。

同《おな》じ学校《がっこう》の子《こ》でも、校庭《こうてい》にピュアがぽつんといると、話《はな》しかけてくれるやさしい子《こ》が何人《なんにん》かいました。ところが、なぜかピュアをさいしょから目《め》のかたきにする、いじわるなティファニー・タウナーが、ピュアにやさしくする子《こ》にまでいじわるをするようになったのです。おかげで、ピュアに声《こえ》をかける子《こ》はひとりもいなくなってしまいました。

パーティーによべる友《とも》だちがいないことをピュアがせつめいすると、スノードロップとデイジーはかなしそうにうなずきました。ところが、ブルーベルはむっとした顔《かお》でうで組《ぐ》みをすると、きっぱりいいました。

「うちらを招待《しょうたい》してよ！　ピュアの友《とも》だちじゃん！」

ピュアはふーっとため息《いき》をつきました。

「そうできたらよかったんだけど……ママは妖精《ようせい》の存在《そんざい》をしんじてないの。わたしが四人《にん》のことを話《はな》しても、ただ想像《そうぞう》してるだけだと思《おも》ってるんだよ。それなのに、みんなをパーティーによぶなんて、できないよ」

たいていの大人《おとな》と同《おな》じで、ママも妖精《ようせい》がほんとうにいるとは思《おも》っていません。妖精《ようせい》をしんじていない人《ひと》に、妖精《ようせい》は見《み》えないので、ママにはブルーベルたちが見《み》えないのです。

「でも――」

そういいかけたブルーベルを、サルビアがさえぎりました。

「そもそも、パーティーをひらく予定《よてい》がないんだから、あたしたちが招待《しょうたい》されなくたっていいでしょ！」

それから、くるりとピュアのほうをむいて、たずねました。

「それで、『ハッピーバースデー』って、どういう歌《うた》なの？」

「あ、うん！　教《おし》えるね！」

そこで、五人《にん》はさっそくピアノのもとへ行《い》きました。ドールハウスにさいしょからついていたミニチュアのプラスチックのピアノに、妖精《ようせい》たちが魔法《まほう》をかけて、音《おと》が出《で》るようにしてあります。いつものように、ピアノをひくのはサルビア。さいしょに、集中《しゅうちゅう》して「ハッピーバースデー」の曲《きょく》をおぼえました。そのあと、ほかの三人《にん》がサルビアのピアノの音《おと》にあわせて、ピュアにひとことずつ歌詞《かし》を教《おそ》わりながら、うたっていきます。

みんなは歌《うた》をおぼえると、順番《じゅんばん》に自分《じぶん》の名前《なまえ》を入《い》れてうたいました。妖精《ようせい》たちも、自分《じぶん》の誕生日《たんじょうび》の気分《きぶん》を味《あじ》わいたかったのです。

そんなふうにうたっているうちに、ピュアはどんどん楽《たの》しくなり、しまいにはいじわるなティファニーとその仲間《なかま》たちのことをわすれていました。おまけに、「♪ハッピーバースデー」ということばをいうたびに、「あしたはわたしの誕生日《たんじょうび》！」と思《おも》いだして、顔《かお》がほころびます。

それぞれの名前《なまえ》を入《い》れた「ハッピーバースデー」を三どずつうたいおわったところで、みんなはやっとやめて、クスクスわらいながら、ふざけて、おりかさなるようにその場《ば》にばたばたおれこみました。

　ふと、ピュアはうで時計《どけい》を見《み》ました。

「うわ、もうこんな時間《じかん》！　ママと町《まち》なかに行《い》くってやくそくしてたの！　ママの展覧会《てんらんかい》のパンフレットを一軒《けん》ずつ、くばってまわるんだ」

　ピュアのママは画家《がか》で、ピュアの小《ちい》さな家《いえ》はいつも、色《いろ》とりどりのキャンバスでいっぱいです。そしてついさいきん、ママは地元《じもと》の美術館《びじゅつかん》にたのまれて、絵《え》を展示《てんじ》することになりました。ママもピュアも大《おお》よろこびで、はりきっています。

「えー！　だったら、あたしたちもいっしょに行《い》って、てつだっていいでしょ?」

サルビアがさけびます。

「ピュア――――! おねが――――い!」とブルーベル。

ピュアは顔《かお》をしかめました。

「うーん、どうかなあ。だって、ティファニー・タウナーの家《いえ》にもくばるんだよ。いっしょに来《く》るなら、そうとう気《き》をつけないと。もしもティファニーにすがたを見《み》られたりしたら、きっとみんな、ぶじじゃすまないんだから。ティファニーにデイジーがさらわれて、羽《はね》をおられそうになったこと、おぼえてるよね?」

四人《にん》はふるえあがりました。わすれるわけがありません。デイジーを人形《にんぎょう》だと思《おも》ったティファニーが、ピュアからぬすんで家《いえ》にもちかえってしまったことがあったのです。ティファニーは、デイジーがほんものの生《い》きている妖精《ようせい》だとは、さいごまで気《き》づきませんでした。

ブルーベルがきっぱりいいました。

「それでもうちら、やっぱりいっしょに行《い》ったほうがいいと思《おも》う。だって、うちらは〈任務《にんむ》〉をなしとげるために、誕生石《たんじょうせき》をあつめないといけないでしょ？　ティファニーの家《いえ》に行《い》ったら、誕生石《たんじょうせき》を見《み》つける方法《ほうほう》やほかの情報《じょうほう》がわかるかもしれないよ」

デイジーもうなずきます。

〈任務《にんむ》〉ということばをきいて、スノードロップが花《はな》びらでできたスカートのひだのあいだから、くるくるまかれた紙《かみ》をとりだしました。四人《にん》がくらしていた〈フェアリーランド〉を出《で》るときに、妖精《ようせい》の女王《じょおう》からあたえられた指令書《しれいしょ》です。

そこにはこう書《か》かれていました。

妖精《ようせい》の女王《じょおう》による指令書《しれいしょ》

〈任務《にんむ》〉第《だい》四五八二六番《ばん》

おそろしい知《し》らせがフェアリーランドにとどきました。

あなたたちも知《し》ってのとおり、魔法《まほう》のオークの木《き》はフェアリーランドと人間《にんげん》の世界《せかい》をむすぶ門《もん》です。妖精《ようせい》が人間《にんげん》の世界《せかい》へ行《い》くには、〈魔法《まほう》のきらめく風《かぜ》〉にのってその門《もん》を通《とお》るしか方法《ほうほう》はありません。

ところが、オークの木《き》を切《き》りたおして家《いえ》をたてようとする人間《にんげん》が、あらわれたのです。そのようなことになれば、妖精《ようせい》は人間《にんげん》の世界《せかい》へ行《い》って自然《しぜん》を守《まも》ることができなくなります。

一部《いちぶ》の人間《にんげん》がそのようなおそろしいことをしないよう、あなたたちが止《と》めなさい。そして、この先《さき》ずっと、オークの木《き》がかならず守《まも》られるようにするのです。

以上《いじょう》が、あなたたちの〈任務《にんむ》〉です。

この〈任務《にんむ》〉をはたしたときだけ、フェアリーランドへ帰《かえ》ることをゆるします。

妖精《ようせい》の女王《じょおう》

追伸《ついしん》　さまざまな誕生石《たんじょうせき》をあつめなさい。
オークの木《き》をすくう魔法《まほう》をはたらかせてくれるでしょう。

ティファニーのお父《とう》さんはマックス・タウナーという名前《なまえ》で、オークの木《き》を切《き》りたおす計画《けいかく》をたてている人《ひと》です。オークの木《き》のある野原《のはら》を新《あたら》しく住宅地《じゅうたくち》にしようとしているのです。けれども、オークの木《き》はフェアリーランドと人間《にんげん》の世界《せかい》をむすぶ門《もん》なので、もしも切《き》りたおしたりしたら、妖精《ようせい》が人間《にんげん》の世界《せかい》に来《こ》られなくなります。じつは季節《きせつ》のうつりかわりや植物《しょくぶつ》の成長《せいちょう》は、ひそかに妖精《ようせい》がてつだっています。そのため、妖精《ようせい》が来《こ》なくなったら、人間《にんげん》はたちまちこまってしまうでしょう。

スノードロップたちとピュアは、オークの木《き》が切《き》りたおされるのを止《と》める魔法《まほう》にひつようだという、誕生石《たんじょうせき》をあつめています。けれども、あつまったのはまだ六つ。魔法《まほう》をかけるには、もっともっとひつようです。

ピュアはスノードロップたちをちらっと見《み》ました。四人《にん》とも、「いっしょに行《い》っていいよね?」という目《め》でピュアを見《み》つめています。

「あー、もう、わかったよ。いっしょに行《い》こう」

四人《にん》が「わー!」とよろこびの声《こえ》をあげます。すかさずピュアはくぎをさしました。

「でも、すがたをだれにも見《み》られないように、ほんとうに気《き》をつけてね!」

スノードロップたちがぶんぶんうなずきます。おまけに、かわいい敬礼《けいれい》までしました。妖精《ようせい》の名《な》にかけて、という意味《いみ》です。

そこでピュアはすぐにまたもとの大《おお》きさにもどると、野原《のはら》をかけだしました。家《いえ》の庭《にわ》へといそぎます。そのはるか上《うえ》を、四人《にん》がとびながらついてきました。

★第2章★

仲間《なかま》はずれになって

一時間《じかん》ほどたったころには、ピュアとママは手分《てわ》けしてパンフレットの半分《はんぶん》をくばりおわっていました。つぎはいよいよ、ティファニー・タウナーの家《いえ》です。ピュアはタウナー家《け》の大《おお》きなお屋敷《やしき》の門《もん》まで、重《おも》い足《あし》どりで歩《ある》いていきました。

スノードロップたちは、ピュアのとなりをとんでついてきています。ママは、通《とお》りのはずれにあるとなりの家《いえ》へ行《い》きました。

ふしぎなことに、タウナー家《け》の敷地《しきち》には、たくさんの車《くるま》がならんでいました。

親《しん》せきの集《あつ》まりでもあるのかな？

門《もん》についたとき、そのむこうにある庭《にわ》が見《み》えて、ピュアははっとしました。

やっと思《おも》い出《だ》しました。きょうはティファニーの誕生日《たんじょうび》。庭《にわ》でパーティーをひらいているのです。

きのう、学校《がっこう》でピュアが自分《じぶん》の誕生日《たんじょうび》の話《はなし》をすると、担任《たんにん》のボースウィック先生《せんせい》が「だったらティファニーの誕生日《たんじょうび》と一日《にち》しか、ちがわないのね！　ティファニーはあしたなのよ」といいました。そのとき、ピュアはふりかえってティファニーに笑顔《えがお》をむけたのですが、ティファニーはいじわるく、いやそうな顔《かお》をかえしてきただけでした。

庭《にわ》でひらかれているティファニーの誕生日《たんじょうび》パーティーは、ピュアがこれまで見《み》たこともないほど、ごうかで大《おお》きなものでした。ピュアは目《め》の前《まえ》の光景《こうけい》にぼうっとしてしまいました。妖精《ようせい》たちも口《くち》をあんぐりあけて見《み》つめています。

ふと、ピュアは気《き》がつきました。そこには、クラスの子《こ》がみんないますし、ほかのクラスの子《こ》もたくさんいます。年下《としした》の子《こ》も年上《としうえ》の子《こ》もまじっています。

みんないる……わたし以外《いがい》のみんな……。

転校《てんこう》してさいしょの週《しゅう》に、ピュアといっしょになわとびをしてくれたやさしい子《こ》たちもいます。ピュアは手《て》をふってみました。すると、その子《こ》たちはちょっとバツのわるそうな顔《かお》をして、あわてておい屋敷《やしき》のなかへ手《て》をつないで走《はし》っていってしまいました。

「うっわー、楽《たの》しそう！　ピュア、どうしてパーティーに行《い》かなかったの？」

ブルーベルがむじゃきにたずねましたが、すぐに「うっ！」とうめいてだまりました。ピュアのつらそうなようすに気《き》づいたサルビアに、けられたからです。

ピュアはむねのあたりがずしりと重《おも》たくなり、なみだがこみあげてきました。

ティファニー、ひどいよ……。

たしかにわたしたち、あまりなかがよくはないけれど、ここまですることないじゃない。パーティーにみんなを招待《しょうたい》して、わたしだけ仲間《なかま》はずれにするなんて、ひどすぎる。

そのとき、パーティーの主役《しゅやく》があらわれました。ティファニーです。ちくちくしそうなレースのドレスを身《み》にまとい、くしゃくしゃの髪《かみ》をリボンできゅっとまとめています。

「はやくかくれて！」

ピュアは妖精《ようせい》たちにこっそりいいました。四人《にん》はさっとピュアのうしろにまわりました。

ピュアをめざとく見《み》つけたティファニーが、ずかずか近《ちか》づいてきて、両手《りょうて》をこしにあてて立《た》ちます。思《おも》わず、ピュアはその場《ば》をにげだしそうになりましたが、ショックを受《う》けていることを知《し》られたくなくて、ふんばりました。

しっかりしなくちゃ。招待《しょうたい》されなかったことなんて気《き》にしてないふうに見《み》せなくちゃ。

門《もん》までやってきたティファニーは、ピュアをじろりと見《み》ました。

「なんで、あ・ん・たがうちに来《く》るわけ？」

ピュアはどうにかへいぜんとした声《こえ》をたもちながら、いいました。

「これをくばりによっただけ」

ママの展覧会《てんらんかい》のパンフレットをさしだします。

ティファニーはひったくるようにして受《う》けとると、鼻《はな》にしわをよせて、パンフレットを見《み》ました。

「ふん、展覧会《てんらんかい》なんて、つまんないの！」

パンフレットをくしゃっと丸《まる》めると、地面《じめん》にぽいっとなげすてます。

さすがにピュアはかっとなりました。両手《りょうて》をぎゅっとにぎりしめ、くちびるをかみしめます。あともう少《すこ》しで、ティファニーにいいかえしたいことをどなってしまいそうです。

「見《み》てのとおり、ここにはみーんな来《き》てるの。あたしのパーティーは、人《ひと》がつめかけちゃってもう満員《まんいん》。あんたは入《はい》れないよ」

そういって、ティファニーがにやりとしました。

「べつにいいよ」

ピュアはやっとそれだけいいかえしました。

ふいに、まわりの声《こえ》や音《おと》よりひときわ大《おお》きい、かん高《だか》い声《こえ》がひびきわたりました。ティファニーのお母《かあ》さんです。

「わたしのかわいいティファニーちゃ〜ん！　バースデーケーキの

じゅんびができたわよ～！」

ティファニーはかちほこった顔《かお》をピュアにむけると、くるりときびすをかえして、さっさと歩《ある》きだしました。

ピュアが見《み》ていると、ティファニーは自分《じぶん》の通り道《とおりみち》にいた小《ちい》さな女《おんな》の子《こ》から、わたあめをさっととりあげ、女《おんな》の子《こ》をおしのけながら、むしゃむしゃ食《た》べだしました。女《おんな》の子《こ》がなきだしても気《き》にしません。ふりむきもせずに行《い》ってしまいました。

庭《にわ》を見《み》わたすと、そこには明《あか》るい色《いろ》にぬられたポニーのメリーゴーラウンドや、なかに入《はい》って遊《あそ》べる、お城《しろ》の形《かたち》をしたピンク色《いろ》の巨大《きょだい》なエアバルーンや、ポップコーンの屋台《やたい》があります。

ピュアのうしろにいた妖精《ようせい》たちが、また出《で》てきました。

デイジーがピュアの首《くび》にふわりと両手《りょうて》をまきつけます。

スノードロップがやさしくいいました。

「気《き》にすることないです。どっちにしたって、ティファニーのパーティーには出《で》たくないですよね？」

「もちろん」

ピュアはそういうのがやっとでした。

たしかに、ティファニーのパーティーになんて出《で》たくないよ。少《すこ》しも出《で》たいなんて思《おも》わない。

でも……このなかには入《はい》りたかったな。だって、すごくおもしろそう……！

「うちは、ティファニーのバカみたいなパーティーなんて、金貨《きんか》を百万まいもらっても出《で》たくないよーだ！」

ブルーベルがきっぱりそういうと、ほかの三人《にん》も「わたしも！」「あたしも！」「わたしだって！」と口《くち》ぐちにいいました。

ピュアは、ピエロが竹馬《たけうま》にのって歩《ある》きまわりながら風船《ふうせん》で動物《どうぶつ》をつくり、つぎつぎと子《こ》どもたちにあげているようすに、目《め》をうばわれていましたが、どうにかブルーベルたちのほうにむきなおり、にっこりしました。

そのとき、ティファニーの乳母《うば》がバースデーケーキをもって、お屋敷《やしき》のなかからあらわれました。

思《おも》わず、デイジーが声《こえ》をあげます。

「うわあ、あれ見《み》て！　すごく――」

すかさずサルビアがデイジーをぎろりとにらんで、そのあと、にこにこしながらいいました。

「――すごく、マズそう、よね」

すると、ほかの三人《にん》も「ほんとだー」「オエー」と調子《ちょうし》を合《あ》わせます。

さいごにデイジーがつけたしました。

「きっと、くさった魚《さかな》と、ゆですぎた芽《め》キャベツと、とけたブロッコリーの味《あじ》がするんじゃない？」

前《まえ》に四人《にん》がティファニーに魔法《まほう》でいたずらをしたことが思《おも》い出《だ》されます。ピュアはもういちど四人《にん》によわよわしく笑顔《えがお》をむけました。

みんな、やさしいなあ。わたしのために、ケーキがまずそうってふりをしてくれて……。

けれども、ピュアも四人《にん》もほんとうは気《き》づいていました。ケーキは見《み》るからにおいしそうです。食《た》べたらきっと、ほんとうにおいしいのでしょう。

「さてと、もう行《い》こう!」

ピュアは妖精《ようせい》たちにいいました。

「〈任務《にんむ》〉をやりとげるための情報《じょうほう》は、ここでは見《み》つかりそうにないよ。お屋敷《やしき》のなかに情報《じょうほう》があるとしても、子《こ》どもがおおぜいいる庭《にわ》をみんながとんでいくのは、きけんすぎるでしょ」

ところが、おどろいたことに、デイジーが反対《はんたい》しました。

「それでもやらなくちゃ。ここにいる子《こ》たちはパーティーのほうに注意《ちゅうい》がむいている。わたしたちで、マックス・タウナーさんの部屋《へや》にまた入《はい》れるかもしれないでしょ」

「でも、どうやって……」

ピュアの頭《あたま》のなかを、いろんな悪《わる》い想像《そうぞう》がかけめぐります。

なのに、デイジーはほかの三人《にん》をつれて、すでにとびたっていました。みんなで手《て》をつないで庭《にわ》のはるか上《うえ》まで一気《いっき》にまいあがり、今《いま》ではただのキラキラ光《ひか》る点《てん》になっています。

「まって！」

四人《にん》にピュアの声《こえ》はもうとどきません。

ピュアはがっくりかたをおとしました。友《とも》だちに見《み》すてられたような、みじめな気分《きぶん》です。しかたなく、ピュアはもと来《き》た道《みち》をひとりでとぼとぼひきかえしました。

ピュアの表情《ひょうじょう》を見《み》たママは「何《なに》かあったの？」とたずねました。

そのとき、いけがきのむこうから、子《こ》どもたちがうたう「ハッピーバースデー」の歌《うた》がひびいてきて、ママにもどういうことかわかりました。

けれども、ママは口《くち》をきゅっとむすんで、そのことにはふれません。ただ、ピュアをだきしめると、こういいました。

「ねえ、あしたはぜったいにすてきな誕生日《たんじょうび》にしましょうね！」

ピュアはうなずくと、だまってママにぎゅっとだきつきました。
なみだをこらえるだけで、せいいっぱいでした。

第3章

なぞ・なぞ・だらけ！

誕生日《たんじょうび》の朝《あさ》、ピュアはとても早《はや》くに目《め》をさましました。夜《よる》があけたばかりだったのですが、うれしくてじっとしていられません。そうっとママの部屋《へや》に入《はい》ると、ベッドのママのとなりにすべりこみました。目《め》をさましたママが、ピュアをだきしめます。

「ピュア、誕生日《たんじょうび》おめでとう！」

それからふたりはすぐにベッドの上《うえ》で体《からだ》をおこしました。ママが手《て》をのばしてベッドサイドの小《ちい》さなチェストのひきだしをあけて、なかからつつみをひっぱりだします。

キラキラしたむらさきとピンクの紙《かみ》でラッピングされているプレゼントです！

「ピュア、ママからの誕生日《たんじょうび》プレゼントよ」

「わあ、ありがとう！」

ピュアがすぐにつつみをあけると、なかから、ヘアゴム、ピンクのくつした、思《おも》い出《で》のチョコレートバー〈チョコレートタイム〉、そしてなによりうれしい、ママがピュアのためにつくったスペシャル絵画《かいが》パックが出《で》てきました。パックの中身《なかみ》は、いろんな色《いろ》の画用紙《がようし》、フェルトペンのセット、キラキラの粉《こな》、スパンコールの星《ほし》やジュエリーのシール、そして先《さき》がほそくなっているペンシルクレヨンのセットです。

Choco
Time
Pencil
Crayon
COLOUR PAPER

「ママ、ほんとに、ほんとに、ありがとう!」

うれしくて、ピュアはママにしがみつきました。

そのあとは、ピュアにとどいた誕生日《たんじょうび》おめでとうのカードをあけていきます。おばあちゃんから、トニーおじさんとリズおばさんから、そしてさいごはジェーンおばさんから。

ジェーンおばさんのカードをあけたとき、ピュアのひざに何《なに》かがはらりとおちました。町《まち》のかわいいアクセサリーショップ〈ハイホー・シルバー〉の商品券《しょうひんけん》です。

見《み》ていたママがいいました。

「ジェーンおばさんに、おれいをいわないとね!」

「きょうの午後《ごご》、この商品券《しょうひんけん》をつかっていい? ママとジェーンおばさんにもお店《みせ》に行《い》ってもらって、買《か》うものをいっしょにえらんでほしい！」

「もちろん、いいわよ！　いいこと思《おも》いついたわねえ！　さてと、わたしたち、もう目《め》がさめたみたいだし、朝食《ちょうしょく》にしましょうか」

そこでピュアは顔《かお》をあらって着《き》がえました。そして下《した》におりていくと、キッチンで、まだガウンを着《き》たままのママがなぜか立《た》ちつくしています。

「どうしたの？」

「ピュア、きのうの夜《よる》におりてきて、トーストにジャムをぬったりしていないわよね？　ママがいっしょじゃないときに、ひとりでトースターをつかうのはダメっていってあるでしょ？」

「そんなことしてないよ。ほんとに」
ママがとまどった顔《かお》をします。
「ジャムのふたがあいていて、
半分《はんぶん》なくなっているし、まどの前《まえ》に
ジャムがとびちっているの」
ピュアがつま先立《さきだ》って見《み》てみると、たしかにあいているまどから
外《そと》へむかうようにジャムがてんてんと窓台《まどだい》にこぼれていて、まるで
ジャムのほそい道《みち》のように見《み》えます。
「わたしじゃないよ」
「ふしぎねえ。まあ、しかたないか。ママがねながら食《た》べちゃった
ことにしましょ」

自分《じぶん》でそういったママも、ピュアも、クスクスわらいだしてしまいました。

ところが、ジャムのふたをしめて、戸棚《とだな》のとびらをひらいてしまおうとしたとき、ママはまた息《いき》をのみました。

「粉砂糖《こなざとう》もとびちってるみたい。いったいどういうこと……？」

ピュアは、ふたたびつま先立《さきだ》ちをして、戸棚《とだな》をのぞきこみました。

たしかに粉砂糖《こなざとう》のふくろがたおれて、中身《なかみ》が棚《たな》に出《で》てしまっています。

「これも、ママがねながらつまみ食《ぐ》いをしてるときに、パジャマのそでがひっかかっちゃったんじゃない？」

ピュアのことばにママはにっこりしましたが、「とぼけちゃって」

というふうに、まゆげをあげています。あきらかに、ピュアのしわざだと思《おも》っているのです。

ピュアがシリアルを食《た》べているあいだに、ママはきのうの夜《よる》の洗《あら》いものをしていました。

ピュアが食《た》べおわると、ママが空《から》になったボウルを下《さ》げにきました。イチゴ柄《がら》のビニールのテーブルクロスをふきながら、ママがいいます。

「ピュア、ごめんね。じつはバースデーケーキをまだつくっていないの。展覧会《てんらんかい》のためにあれこれ用意《ようい》しなくちゃいけなくて、いそがしかったから。これからつくるわね、洗濯《せんたく》ものを洗濯機《せんたくき》に入《い》れたあと――」

けれども、ピュアはにっこりして、ママに「ケーキはいいよ」といいました。

「ほんとに、つくってもらわなくてもだいじょうぶ。気《き》にしないから。町《まち》に行《い》ったときに、ショートケーキか、チョコレートブラウニーを買《か》おうよ」

「それでほんとにいいの？」

「もちろん、いいよ！」

ほんとうは、ほんの少《すこ》しがっかりしていましたが、ママが展覧会《てんらんかい》のじゅんびでとてもいそがしいことは知《し》っています。

外《そと》は太陽《たいよう》がすっかりのぼって、いい天気《てんき》です。まもなく、ピュアは妖精《ようせい》ハウスへとかけだしていきました。四人《にん》に会《あ》いたくてたまりません。

なにしろ、前《まえ》の日《ひ》は四人《にん》があっという間《ま》にとびさって、そのままわかれていたのですから。

おいしげる草《くさ》と色《いろ》とりどりの花《はな》のあいだをすりぬけて、妖精《ようせい》ハウスの前《まえ》にたどりついたとき、外《そと》に四人《にん》のすがたはありませんでした。きのうのようなわかれ方《かた》をしたあとですから、ひとりくらいはピュアを出《で》むかえてくれてもおかしくないのに、だれも出《で》てきません。

なんだかへんなの。

ピュアはとにかく魔法《まほう》のことばをとなえて小《ちい》さくなると、妖精《ようせい》ハウスのなかに入《はい》りました。

「おはよう!」

よびかけてみましたが、返事《へんじ》はありません。しんとしずまりかえっています。

リビングのドアをあけて、なかをのぞいてみました。だれもいません。

そこで階段《かいだん》をかけあがり、ブルーベルの部屋《へや》のドアから顔《かお》だけ入《い》れてのぞいてみました。またみんなでブルーベルのかけぶとんをテントにして、キャンプごっこをしてるのかな、と思《おも》ったからです。ピュアとリリー・ローズとパジャマパーティーをして以来《いらい》、四人《にん》はキャンプごっこにはまっているのです。けれども、今《いま》はブルーベルの部屋《へや》にもいません。

「みんな、どこ?」

ピュアは大声《おおごえ》でよんでみました。いつものようにかくれんぼをしてスノードロップの部屋《へや》の洋服《ようふく》だんすにかくれてもいませんし、バスルームのバスタブで野《の》イチゴのジュースをつくってもいませんし、デイジーの部屋《へや》でかべにかざる押《お》し花《ばな》をつくってもいません。

「ねえ、みんな、どうしちゃったの？」

ピュアは大声《おおごえ》でいいましたが、それでも返事《へんじ》がありません。

ふいにおそろしい考《かんが》えがうかんで、ピュアはその場《ば》にかたまりました。

まさか四人《にん》とも、きのう、ティファニーの家《いえ》からもどってきてないんじゃ……？

ピュアはティファニーの家《いえ》をさったあとはずっと、ママといっしょにパンフレットをくばっていました。家《いえ》に帰《かえ》ったらすぐに夕食《ゆうしょく》で、そのあとはおふろに入《はい》ったため、妖精《ようせい》たちとは会《あ》っていないのです。

そんな……！

ピュアは階段《かいだん》をかけおりました。こわくて心臓《しんぞう》がドキドキしています。妖精《ようせい》ハウスのなかで調《しら》べていない場所《ばしょ》は、あとひとつだけ。キッチンです。

ここにもだれもいなかったら、どうしよう。

キッチンのドアをばっとあけると、なかにとびこみました。

すると、とつぜん、キッチンのテーブルの下《した》から、四人《にん》が「じゃーん！」といいながら、とびだしてきたのです。

つづいて、四人《にん》が大《おお》きな声《こえ》でうたいだします。
それは「ハッピーバースデー」の歌《うた》でした。

第4章

ハッピーバースデーパーティー！

ピュアはただただびっくりして、キッチンを見《み》まわしました。

天井《てんじょう》や戸棚《とだな》のとびらに、風船《ふうせん》とリボンがかざられています。いすのひとつには、パーティーハットがかさねておかれています。

そしてテーブルの上《うえ》にあるのは、おいしそうなバースデーケーキ！

ジャムがびんから半分《はんぶん》なくなっていたり、粉砂糖《こなざとう》がふくろからこぼれたりしていたのは、このケーキをつくったからなのです。

ピュアはあまりにもうれしくて、目《め》の前《まえ》の

ことが、なんだかしんじられません。

わたしのために、友《とも》だちがナイショでバースデーパーティーをひらいてくれるなんて……！

「ハッピーバースデー」の歌《うた》がおわったとき、ピュアは四人《にん》をつぎつぎにひきよせて、いちどにだきしめました。

「ほんとに、ほんとに、ありがとう！」

「デイジーのアイデアなんです」

スノードロップがいうと、デイジーがまっ赤《か》になりました。その顔《かお》はとてもうれしそうです。

「ピュアがティファニーに仲間《なかま》はずれにされて、つらそうだったから……。ピュアのハッピーバースデーパーティーをひらいてあげたいなあって思《おも》ったの」

ピュアはいたずらっぽくわらって、ききました。

「でもみんな、人間《にんげん》のバースデーパーティーのやり方《かた》を、どうやってしらべたの？」

それにこたえたのは、スノードロップでした。クスクスわらいながら、せつめいします。

「わたしたち、じつはマックス・タウナーさんの部屋《へや》には行《い》かなかったんです。ピュアが帰《かえ》るとすぐ、デイジーが『ピュアのバースデーパーティーをひらこうよ』といいだしました。それでわたしたち、お屋敷《やしき》には入《はい》らずに、庭《にわ》のはるか上《うえ》にとどまって、ティファニーのパーティーを見《み》ていたんです。やり方《かた》を学《まな》ぶために」

誕生日《たんじょうび》パーティーにかかせないアイテムいろいろ
★輪《わ》っかのガーランド★
色紙《いろがみ》でかんたんにつくれちゃう！
★風船《ふうせん》★
かべに飾《かざ》っても、
ゆかにおいても
カワイイ☆
★旗《はた》のガーランド★
★星《ほし》のガーランド★
HAPPY BIRTHDAY
PURE
★かべ飾《かざ》り★
紙《かみ》やぬのを
文字《もじ》の形《かたち》に
切《き》りぬいて☆
★三角《さんかく》ぼうし★
★クラッカー★
やっぱり、
これがないとね☆
★タンバリン★
★マラカス★
音楽《おんがく》に合《あ》わせて
レッツ・ダンス♪
★プレゼント★
★誕生日《たんじょうび》めがね★
★ケーキハット★
わくわくしちゃう！
あたしたちにだってパーティーはできるよ
HAPPY BIRTHDAY
お誕生日《たんじょうび》があっていいなあ

「ピュア、パーティーハットをかぶってね！」

デイジーがそういってわたしてくれたのは、ビロードのような手《て》ざわりの黄色《きいろ》いタンポポでつくった、かがやく王冠《おうかん》です。

「わあ、ありがとう。すごくごうか！」

さっそくピュアは王冠《おうかん》をかぶって、ポーズをとりました。

妖精《ようせい》たちも、それぞれのハットをかぶっていきます。

ブルーベルは、まんなかにタンポポの綿毛《わたげ》をかざった、紙《かみ》の王冠《おうかん》。

サルビアは、大《おお》きな赤《あか》いバラの花《はな》びらを一まい、ななめにかっこよく頭《あたま》にのせています。

デイジーは、草《くさ》であんだバンドにきれいな色《いろ》の羽根《はね》を一本《ぽん》さした、インディアン風《ふう》の髪《かみ》かざり。

スノードロップは、紙《かみ》のヒナゲシをかざったティアラです。このティアラをスノードロップがかぶると、ほかのみんながクスクスわらいだしました。頭《あたま》にヒナゲシがはえているように見《み》えたからです。

全員《ぜんいん》がパーティーハットをかぶりました。

さあ、ピュアのハッピーバースデーパーティーのはじまりです！

すると、サルビアがソファーの下《した》から大《おお》きなつつみをとりだしました。

「プレゼント回《まわ》しゲームをしましょ！　このプレゼントのつつみ、あたしがつくったのよ！」

プレゼント回《まわ》しゲームなら、ピュアもよく知《し》っています。

まず、何重《なんじゅう》にもラッピングをしたプレゼントをひとつ用意《ようい》します。

みんなで輪《わ》になって音楽《おんがく》を流《なが》し、となりの子《こ》にプレゼントをパスしていきます。音楽《おんがく》が止《と》まったら、そのときプレゼントをもっていた子《こ》がつつみ紙《がみ》を一まい、ひらくことができます。

そうやってどんどんプレゼントを回《まわ》してつつみ紙《がみ》を一まいずつひらいていき、さいごのつつみ紙《がみ》をひらいた人《ひと》が、出《で》てきたプレゼントをもらえるのです。

サルビアはプレゼントのつつみをピュアにわたすと、すぐにピアノにむかいました。ピュアとほかの三人《にん》はバラの花《はな》びらのカーペットの上《うえ》に輪《わ》になってすわります。

「ゲーム、スタート！」

サルビアはそういうと、お気《き》に入《い》りの妖精《ようせい》の歌《うた》をピアノでひきはじめました。部屋《へや》のなかが楽《たの》しい音《おと》でいっぱいになります。ピュアたちはキャアキャアいいながら、プレゼントをとなりにパスしていきました。

ふいにピアノの音《おと》がやみました。プレゼントをもっていたのは、デイジーです！

デイジーがうきうきしながらいちばん外側《そとがわ》のつつみ紙《がみ》をやぶると、べつのつつみ紙《がみ》があらわれました。

「えー、なにもない……」とデイジー。

というのも、ティファニーのパーティーでおこなわれていたゲームでは、つつみ紙《がみ》をやぶるたびに、シールやしおりといったミニプレゼントが出《で》てきたのを、デイジーは見《み》ていたのです。

ピュアは教《おし》えてあげました。

「そんなにがっかりしないで。つつみ紙《がみ》をやぶるたびにミニプレゼントが出《で》てくるとはかぎらないんだよ。出《で》てくるときもあるけれど。チャンスはまだまだあるんだから。ね？」

これをきいて、デイジーもにっこりしました。

ところが、ピュアがプレゼントを手《て》にして、つつみ紙《がみ》をやぶいたときも、なにもでてきませんでした。スノードロップのときも、ブルーベルのときも、ふたたびデイジーが手《て》にしたときにもです（そしてこのとき、デイジーは「またなにもない！」とさけびました）。

そのあともプレゼント回《まわ》しをつづけ、ブルーベルがプレゼントを手《て》にしたとき、つつみはとても小《ちい》さくなっていました。

「さーてと！」

ブルーベルがいきおいよく、キラキラのつつみ紙《がみ》をやぶります。

けれども、やっぱりミニプレゼントはありません。頭《あたま》にきたブルーベルがドン！と足《あし》をふみならし、ふてくされてドスンとすわりこみました。

「あの、サルビア、もしかして入《い》れわすれ……？」

ピュアが声《こえ》をかけましたが、サルビアはきこえないようで、またピアノをひきはじめてしまいました。

まあ、ミニプレゼントはおまけみたいなものだしね。そっか、きっとサルビアは、ミニプレゼントをなしにして、その分《ぶん》、まんなかにとっておきのプレゼントを入《い》れてくれたんだ……！

ピュアは期待《きたい》でドキドキしてきました。そろそろつつみ紙《がみ》はさいごになりそうです。音楽《おんがく》がやみました。プレゼントをもっていたのは……ピュア！

うれしさをかくしきれず、ピュアはにこにこしながら、いきおいよくつつみ紙《がみ》をやぶりました。

あー、なにが出《で》てくるんだろう⁉

たしかに、つつみ紙《がみ》はさいごでした。でも、出《で》てきたのはなんと、くしゃくしゃに丸《まる》めたつつみ紙《がみ》。

スノードロップが、やぶれた色《いろ》とりどりのつつみ紙《がみ》の山《やま》を見《み》つめながらいいました。

「わたし……このゲームって、もっともりあがるものだと思《おも》ってました」

思《おも》わずピュアも、いいました。

「えっと、ほんとはさいごにもっともりあがるんだけど……サルビアがプレゼントをちゃんと入《い》れてくれてたらね」

「サルビアったら、なにやってんの⁉」とブルーベル。

するとむっとしたサルビアが、まっ赤《か》な髪《かみ》をさっとふりはらいながら、いいました。

「しかたないでしょ！ プレゼントをなかに入《い》れるって、知《し》らなかったんだから。ティファニーのパーティーでこのゲームを見《み》たには見《み》たけれど、ほんのちょっとで、さいごまでは見《み》なかったの！だいたい、これって『プレゼント回《まわ》しゲーム』って名前《なまえ》でしょ。『プレゼントを回《まわ》してさいごにいいものをもらうゲーム』っていう名前《なまえ》にしてくれなくちゃ、わかんないわよ！」

ほんとうは、さいごのプレゼントをもらえなくて、とてもがっかりしていたピュアでしたが、その気持《きも》ちはおさえていいました。

「サルビア、このゲームをしようと思《おも》いついてくれて、ありがとう。サルビアはただ、ゲームの中身《なかみ》をよく知《し》らなかっただけで悪《わる》くないよ」

けれども、ブルーベルとサルビアはまだにらみあっています。

そこで、ピュアはみんなにいいました。

「ほかの遊《あそ》びをしよう。伝言《でんごん》ゲームはどうかな？」

「どういうゲームなの？」とデイジー。

「みんなで輪《わ》になって、ひとりが小《ちい》さな声《こえ》でとなりの人《ひと》に何《なに》かをつたえるの。そしたら、いわれた人《ひと》は同《おな》じことをとなりの人《ひと》にいう。そうやってどんどんつたえていって、さいごの人《ひと》が、いわれたことを発表《はっぴょう》するの。ちゃんと正《ただ》しくつたわっているかどうか、たしかめるってわけ。あんがいむずかしいんだよ。わたし、このゲーム、すきなんだ」

「おもしろそうですね！」とスノードロップ。

ブルーベルとサルビアも、けんかをわすれて、にこにこしています。

そこで、サルビアもくわわり、五人《にん》でバラの花《はな》びらのカーペットの上《うえ》にすわりました。

「あたしからスタートね！」といったのは、サルビアです。

サルビアが小声《こごえ》でデイジーになにかいいました。デイジーはピュアに、ピュアはスノードロップに、スノードロップはブルーベルにつたえます。さいごのブルーベルは、いきおいよく立《た》って、ききとったことをさけびました。

「『妖精《ようせい》のブルーベルはくさい』!? サルビアったら、ゲームをつかって悪口《わるぐち》をいうなんて、サイテーだよ！」

すると、サルビアもいきおいよく立《た》ちあがりました。赤《あか》い髪《かみ》が、ぶんとゆれます。

「『妖精《ようせい》の魔法《まほう》にはブルーベルの草《くさ》をつかう』っていったのよ！とちゅうでだれかがききまちがえただけ。伝言《でんごん》ゲームってそういうものでしょ！ ほんと、ブルーベルはわかってないんだから」

「うそばっかり！ ぜったい、サルビアがそういったんだよ！」

ブルーベルはドン！ と足《あし》をふみならしました。

「いってない！」とサルビア。

「いった！」とブルーベル。
「いってない！」
「いった！」
「いってない！」
「いった！」
いつものけんかが、また
はじまりそうです。スノー
ドロップとデイジーが
はらはらしているのが、
見《み》てわかります。
ピュアは話《はなし》をきりかえよ

うとして、デイジーにいいました。

「わたしのためにケーキをつくってくれたんでしょ？　ありがとう！」

「うん、みんなで！　そうだ、そろそろケーキを食《た》べない？」

「ケーキ」ということばをきいて、ブルーベルとサルビアがぴたりと口《くち》をつぐみ

ました。けんかなんて、すっかりわすれてしまったようです。

デイジーがキッチンにむかって歩《ある》きだすと、ふたりもピュアたちといっしょにうきうきしながら、あとについていきました。

第5章

まちがっている?

ピュアのためのハッピーバースデーケーキは、とてもきれいにできていました。

「わたしが中心《ちゅうしん》になって、四人《にん》で力《ちから》を合《あ》わせてつくったの。スポンジケーキをやいたのは、わたし!」とデイジー。

スポンジケーキにはジャムがはさんであり、白《しろ》いアイシングがかかっています(アイシングはおそらく、魔法《まほう》の力《ちから》をかりて、粉砂糖《こなざとう》からつくったのでしょう)。ケーキのてっぺんには、ろうそくが何本《なんぼん》もささっています。

みんなでケーキのまわりにあつまると、ス

ノードロップがろうそくにフェアリーパウダーを少《すこ》しふりかけました。とたんに、ろうそくがぱっと魔法《まほう》の火《ひ》をともしはじめます。

「わあ、きれい……！」

思《おも》わず、ピュアはつぶやきました。

誕生日《たんじょうび》の人《ひと》は、ねがいごとをしてからろうそくの火《ひ》をふきけすと、そのねがいがかなうといいます。ピュアはさっそく目《め》をとじて、ねがいごとをしようとしました……が、はっとして目《め》をあけました。

ろうそくが「パン！　パン！」と音《おと》をたてはじめたからです。

「ちょっとまって、ろうそくがヘンだよ！　ふつうは音《おと》なんてしないのに！」

「ろうそく？」

デイジーがふしぎそうな顔《かお》をしてききかえしました。
「ろうそくってなに？　ここにさしてあるのは、フェアリー花火《はなび》だよ。ティファニーのバースデーケーキにささってたのとそっくりだったから、わたしたちもさしたんだけど……。さあ、ティファニーみたいに、ピュアもねがいごとをしなよ」
ピュアはびっくりしました。
「えっ、花火《はなび》!?　みんな、はやくふせて！　でないとケーキが――」

バーン‼

花火《はなび》が銀色《ぎんいろ》の火花《ひばな》とともにはじけました。いっしょに、ケーキもとびちります。

「わ！」

「キャッ！」

「ひゃっ！」

「うっ！」

おどろいた妖精《ようせい》たちは、宙《ちゅう》にとびあがりました。

ケーキはキッチンじゅうにとびちっています。戸棚《とだな》も、かわいい押《お》し花《ばな》の絵《え》も、ピンクのチェックのテーブルクロスも、ケーキだらけ。べっとりしたアイシングのかたまりが、まどにも、水玉《みずたま》もようのカーテンにも、くっついています。

部屋《へや》じゅうのひどいありさまを、スノードロップはショックでぽかんと口《くち》をあけて見《み》つめました。

サルビアはクスクスわらっていて、おかしくてたまらないといったようすです。

ブルーベルはうでについたアイシングをぺろりとなめると、さけびました。

「おいしーい！　こわれても味《あじ》はいいよ！」

けれども、デイジーだけは、がっくりかたをおとしていました。

「せっかくつくったケーキが……大《だい》しっぱい」

「そんなことないよ、だいじょうぶ」

ピュアはデイジーをなぐさめようとして、平気《へいき》なふりをしました。

けれど、ほんとうは、だれよりもがっかりしていたのです。

わたしのためのおいしそうなバースデーケーキ、やっぱり食《た》べたかったな……。ろうそくをふきけす前《まえ》のねがいごとも、したかったな……。

スノードロップがデイジーのかたをだいていいました。

「かたづけは、あとにしましょ。みんなでリビングに行《い》って、ほかのゲームをやらない？」

「それがいいわ！　ティファニーのパーティーでやっていた『いすとりゲーム』はどう？」

サルビアが明《あか》るくていいあんします。これには、デイジーも笑顔《えがお》になって小《ちい》さくうなずいたので、みんなでリビングへかけだしました。

ねんのため、ピュアはみんなにいすとりゲームのルールをせつめいして、こんどは四人《にん》がちゃんとわかったか、しっかりかくにんしました。そのあと、プラスチックのいすを四つ、丸《まる》くならべます。

いすは、さいしょからドールハウスについていたプラスチックのものでしたが、妖精《ようせい》たちがむらさき色《いろ》の絵《え》の具《ぐ》をぬって銀色《ぎんいろ》のキラキラをまぶし、かわいくしあげてありました。

いすとりゲームにも音楽《おんがく》がひつようです。

「またピアノをひくだけなんて、いや。あたしもゲームに入《はい》るわ！」

サルビアがそう思《おも》うのも、もっともです。スノードロップがフェアリーパウダーをとりだして、ピアノのけんばんの上《うえ》にふりかけます。

とたんに、魔法《まほう》のかかったピアノが、ひとりでに曲《きょく》をかなではじめました。みんなのお気《き》に入《い》りの妖精《ようせい》の歌《うた》です。

さいしょは目《め》を丸《まる》くするばかりのピュアでしたが、すぐに楽《たの》しくなって、ほかの四人《にん》といっしょにスキップしたり、くるんとスピンをしたりしながら、いすのまわりをまわりはじめました。

音楽《おんがく》がやみました。

みんながそばのいすにとびついてすわります。

すわれなかったのは、スノードロップです。

つぎは、いすをひとつへらして、また音楽《おんがく》がなっているあいだ、のこりの四人《にん》でまわりました。

つぎにすわれなかったのは、デイジー。

そのつぎはピュアでした。かべぎわに立《た》っているスノードロップとデイジーのもとへ走《はし》っていきます。三人《にん》で顔《かお》を見《み》あわせて、にこっとわらいあいました。いすにはすわれませんでしたが、三人《にん》ともあまり気《き》にしていません。ゲームがとても楽《たの》しかったからです。

さいごのひとつのいすのまわりを、ブルーベルとサルビアが、スキップをしたり、ステップをふんだりしながらまわります。ピュアたちは「ふたりともがんばってー！」と声援《せいえん》をおくりました。

音楽《おんがく》がやみました。

とたんに、ふたりがぶつかるようにいすにすわります。おしりを半分《はんぶん》ずつのせて、どちらもゆずりません。

「うちが先《さき》だった！」

ブルーベルがサルビアのわきをひじでおしました。

「あたしが先《さき》よ！」

サルビアがブルーベルをすばやくけります。

「ちがうよ、うちだよ！」

「もう！　だったら、どっちが先《さき》にすわったかじゃなくて、どっちが長《なが》くすわっていられるかできめましょ！」とサルビア。

まったく、ふたりはいつもこうなんだから……。

ピュアはあきれて、ため息《いき》をつきました。こんなふうにゲームのルールをかってにつくってしまうのも、このふたりにはよくあることなのです。

「いいよ。だったら、うちは夜《よる》までずーっとすわってるんだから！」

ブルーベルがフン！　とばかりにうで組《ぐ》みをします。

サルビアもまけていません。

「あーら、あたしなんて、一週間《しゅうかん》はすわってるわ！」

「だったら、うちは一年《ねん》すわってるよ！」

ブルーベルはそういうと、勝《か》ったとばかりに、サルビアを見《み》ました。

そこにデイジーがわりこんでいいました。

「一年《ねん》もいすにすわってるのって、長《なが》すぎない？」

そこで、ブルーベルはもういちど考《かんが》えて、いいました。

「まあ、どっちが長《なが》くすわっていられるかっていうのは、一年《ねん》もかけなくてもわかるかもね。つまり、相手《あいて》よりいすの上《うえ》に長《なが》くいられたら、勝《か》ちってことだから」

そして、サルビアをドン！　といすからつきおとしたのです。

ゆかにころげおちたサルビアが、金切《かなき》り声《ごえ》でさけびます。

「ひど――――い！」

「ちょっと、ブルーベル！」とデイジー。

つぎのしゅんかん、ひどくおこった顔《かお》のサルビアが体《からだ》をおこすと、ブルーベルのうでをつねりました。

「イタッ！」

ブルーベルはおどろいたひょうしに、いすの横《よこ》からゆかにおちてしまいました。

「ふたりともやめて！」

デイジーがなきそうな声《こえ》でいいましたが、ふたりの耳《みみ》にはとどきません。ブルーベルとサルビアは羽《はね》をばたつかせ、うでをふりまわしながら、いすにまたすわったり、相手《あいて》をおしたりしはじめました。

「ふたりとも、ピュアのハッピーバースデーパーティーをだいなしにしてるってことが、わからないの⁉」

デイジーは大声《おおごえ》でいいましたが、気《き》づいてもらえません。とうとう、なきだしてしまいました。

やっとふたりがおしたりひいたりをやめたとき、デイジーはしゃくりあげてないていました。ピュアとスノードロップは、デイジーのかたをだいてあげています。そのようすを見《み》たブルーベルとサルビアは、しゅんとうなだれました。はずかしくてたまりません。

「デイジー、ごめんね」

小《ちい》さな声《こえ》でブルーベルがいいました。サルビアもうなずきます。

「ほんとにごめんなさい」

そこで、ピュアはにっこりして、明《あか》るくいいました。

「それじゃあ、今《いま》からおまちかね、みんなからプレゼントをもらう時間《じかん》にしよう！　わくわくするなあ」

ところが、四人《にん》がふしぎそうな顔《かお》をしました。

「プレゼント？」とブルーベル。

すると、スノードロップが早口《はやくち》でいいました。

「あの、それって、ティファニーのパーティーで見《み》た、たくさんのつつみのことですか？　もしかして……」

それ以上《いじょう》なにもいえず、スノードロップがゆかを見《み》つめます。

ピュアがサルビアを見《み》ると、サルビアがもごもごいいました。

「あの……えっと……あたしたち、あれは『プレゼント回《まわ》し』とか、ゲームでつかうつつみだと思《おも》ってたの。ほかに、プレゼントを用意《ようい》

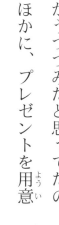

するものだなんて、知《し》らなくて……」

「じゃあ、プレゼントはなし……？」

ピュアのことばをきいて、ブルーベルがおずおずと近《ちか》づいてきます。

「その……ないんだ……ごめん」

さらにデイジーがなきながらいいました。

「ああ、ほんとにひどいことになっちゃった。ピュアのために、かんぺきなハッピーバースデーパーティーをひらきたかったのに、なにもかもがまちがっていたなんて」

四人《にん》はいすにぐったりすわりこんでしまいました。これまで見《み》たこともないくらい、しずんだ顔《かお》をしています。

なにかいって、みんなを元気《げんき》づけてあげなくちゃ。

ピュアにはわかっていましたが、できませんでした。ピュア自身《じしん》が、がっかりしていたからです。

みんなには悪《わる》いけど、こんなにひどいバースデーパーティーってなかったな……。ケーキはぼくはつしちゃうし、プレゼント回《まわ》しゲームではつつみのなかにプレゼントが入《はい》ってなかったし、いすとりゲームをしても、ブルーベルとサルビアがけんかしちゃうし、誕生《たんじょう》日《び》のプレゼントがひとつもないなんて……！

ふーっとピュアは大《おお》きなため息《いき》をつきました。王冠《おうかん》にいくつもついていたうちの、さいごのタンポポが足元《あしもと》にぽとりとおちます。パーティーハットまで、こわれてしまったのです。

「わたし、そろそろ帰《かえ》るね。このあと町《まち》なかに出《で》かけることになってるから、ママがまってると思《おも》うんだ……」

ピュアは部屋《へや》をそっと出《で》ていきました。すっかりおちこんでしまった四人《にん》は、「またね」と声《こえ》をかけることもしませんでした。

第6章

友情《ゆうじょう》のプレゼント

ママとジェーンおばさんと町《まち》にでかけて帰《かえ》ってくると、ピュアはだいぶ気持《きも》ちが明《あか》るくなっていました。

みんながバースデーパーティーのことで、まだおちこんでいないといいんだけど、と考《かんが》えずにはいられません。

四人《にん》とも、ほんとうにがんばってくれたんだし、だいじなのは気持《きも》ちだもんね！

今《いま》ではピュアは、町《まち》なかでどんなことをしたのか、四人《にん》に早《はや》く話《はな》したくなっていました。

映画館《えいがかん》で見《み》たおもしろい映画《えいが》の中身《なかみ》を、ぜ

んぶ教《おし》えてあげたいですし、ジェーンおばさんとピザを分《わ》けあったことも、ウェイターさんがチョコレートブラウニーをはこんできたとき、そこにろうそくが一本立《ぽんた》っていて、レストランにいたみんながピュアのために「ハッピーバースデー」をうたってくれたことも、いいたくてたまりません。

ピュアの美《うつく》しい妖精《ようせい》の羽《はね》も、四人《にん》に見《み》せたくてうずうずしていました。その羽《はね》は、おもちゃ屋《や》さんの前《まえ》をとおりかかったときに、ウインドーにかざってあったものです。見《み》つけたとたん、ピュアは「つけてみなくちゃ！」と思《おも》いました。

羽《はね》をつけたところを見《み》せると、ママは「すてきねえ。いいわ、おまけの誕生日《たんじょうび》プレゼントにしてあげる！」といって買《か》ってくれたのでした。

もちろん、この妖精《ようせい》の羽《はね》はほんものではないので、つけたからといってとべるわけではありません。それでも、つけているあいだはきっと、ほんものの妖精《ようせい》の気分《きぶん》になれそうです。

ピュアはみんなの顔《かお》を想像《そうぞう》して、にこにこしました。

じつは、妖精《ようせい》の羽《はね》を見《み》せるより、もっとだいじな用事《ようじ》がありました。みんなへのプレゼントができたのです。それは、四人《にん》が思《おも》ってもみないもののはずで、きっとよろこんでくれるでしょう。

早《はや》くみんなのところへ行《い》こうっと！

そのころ、ピュアは知《し》りませんでしたが、妖精《ようせい》ハウスでも、ピュアのためにとくべつなことをしようと、四人《にん》の妖精《ようせい》たちが計画《けいかく》をねっているところでした。

ピュアは、みんなに見《み》せるために妖精《ようせい》の羽《はね》をつけると、すぐに外《そと》へとびだしました。ところが、針金《はりがね》フェンスをくぐり、野原《のはら》をかけぬけ、妖精《ようせい》ハウスが見《み》えたとき、思《おも》いがけない光景《こうけい》がまっていたのです。

妖精《ようせい》ハウスの両《りょう》わきには、何本《なんぼん》ものぼうがずらりと立《た》ちならび、その先《さき》には色《いろ》とりどりのはたがゆれています。はぎれでつくったはたを、わらでぼうにとめたものです。玄関《げんかん》のそばには、キッチンのいすがふたつ。金《きん》と銀《ぎん》のラメがぬられ、りっぱになっておかれています。玄関《げんかん》のドアはあいていて、なかから陽気《ようき》なピアノの音楽《おんがく》がきこえてきます。家《いえ》の前《まえ》の地面《じめん》には、イギリスでは見《み》たことのない、すてきな花《はな》がさきみだれています。魔法《まほう》が使《つか》われているにちがいありません。

みんながやってくれたんだ……！　これからなにがはじまるの!?

ピュアはわくわくしてきました。

妖精《ようせい》ハウスにたどりつくと、ピュアは、はたや花《はな》をふまないよう、そっと玄関《げんかん》ドアの前《まえ》でかがみ、小指《こゆび》をドアノブにのせて魔法《まほう》のことばをささやきました。

「妖精《ようせい》をしんじます……妖精《ようせい》をしんじます……妖精《ようせい》をしんじます！」

妖精《ようせい》の大《おお》きさまでちぢんだピュアは、家《いえ》のなかに入《はい》ろうとしました。そのとき、かがやくような笑顔《えがお》の四人《にん》が、外《そと》にとびだしてきたのです。

「ようこそ、フェアリーパーティーへ！」

ブルーベルがさけびながら、ピュアにとびつきました。

つづいて、笑顔《えがお》のスノードロップがせつめいをはじめます。

「わたしたち、ピュアのハッピーバースデーパーティーをひらこうとしたら、知《し》らないことばかりでしっぱいしちゃいましたよね。それで思《おも》ったんです。もういちど、自分《じぶん》たちの知《し》ってるやり方《かた》でおいわいしようって。フェアリーランドでやっていたフェアリーパーティーをひらこうって。ただ……それでピュアがよければ、なのですけれど」

ピュアはうれしくて、目《め》を丸《まる》くしながらさけびました。

「もちろん、いいにきまってる！　すごいよ！　すっごくうれしい！　フェアリーパーティーをひらいてもらえるなんて、世界《せかい》じゅうでわたしだけじゃないかな」

すると、ブルーベルがさらにいいました。

「夏生《なつう》まれのピュアは、妖精《ようせい》ならデイジーと同《おな》じ夏《なつ》の妖精《ようせい》になると思《おも》うんだ。だから、今《いま》からひらくのは、ピュアとデイジーのための夏《なつ》のフェアリーパーティーだよ！　あれ、ピュアのその羽《はね》、かわいいね……！　それじゃあ、いくよ！　フェアリーパーティーのはじまりはじまりー！」

ピュアとデイジーは、外《そと》におかれたキラキラのいすにならんですわりました。すると、ブルーベルがつぎつぎとふたりの頭《あたま》に、デイジーの花《はな》のくさりでつくった輪《わ》っかをのせてくれました。

そのあと、ブルーベル、スノードロップ、サルビアの三人《にん》が、ピュアとデイジーのまわりでダンスをはじめます。ピュアは三人《にん》をうっとり見《み》つめながら思《おも》いました。

なんだかわたし、遠《とお》い魔《ま》法《ほう》の国《くに》のプリンセスになったみたい！

デイジーとふたりで目《め》をあわせ、にっこりほほえみます。

午前中《ごぜんちゅう》にあったひどいできごとが、うそのようです。

デイジーは、これまで見《み》たこともないくらい、心《こころ》からのかがやく笑顔《えがお》をうかべています。

三人《にん》は、いすのまわりでスキップしたり、ステップをふんだりしながら、ピュアとデイジーのためにとくべつな歌《うた》をうたってくれました。

「♪お日《ひ》さま、デイジー、キンポウゲ
一日《にち》ののんびり野原《のはら》は緑《みどり》
カササギ、チョウチョとともに
夏《なつ》の妖精《ようせい》、空高《そらたか》く

まわりをだいじにしてくれる
夏《なつ》の妖精《ようせい》、陽気《ようき》で元気《げんき》
ありがとう、がんばってくれて
わらいと元気《げんき》をみんなにくれて」

歌《うた》をきいているうちに、ピュアはうれしさのあまり、なきそうなくらいのにこにこ顔《がお》になっていました。
きっとわたしは、世界《せかい》でいちばんラッキーな子《こ》じゃないかな。

四人《にん》の親友《しんゆう》がいて、しかもフェアリーパーティーをひらいてもらえて……！　ああ、しあわせすぎて、体《からだ》がばくはつしちゃいそう！

歌《うた》のつぎは、五人《にん》で大《おお》なわとびであそびました。そのあとは、バケツをつかったリレーです。

ひとりずつ、バケツがおいてあるところまで片足《かたあし》でぴょんぴょんとんでいき、バケツを頭《あたま》にかぶったら、また片足《かたあし》でぴょんぴょんもどってきて、つぎの人《ひと》とこうたいします。

第一《だい》走者《そうしゃ》はブルーベル。見《み》ているほかのみんなは、さいしょからなんだかおかしくて、わらいをこらえていました。そしてブルーベルがバケツをかぶり、ぴょんぴょん進《すす》もうとして、はたのぼうにぶつかってひっくりかえったときには、もうわらいをこらえきれません。だれもがふたつおりになって、わらいころげてしまいました。

けっきょくわらいすぎて、ひとりも立《た》つことすらできなくなったので、リレーはそこでおしまい。

ようやくみんなのわらいがしずまったところで、デイジーが妖精《ようせい》ハウスのなかへ行《い》き、ケーキをもってもどってきました。大《おお》きなお皿《さら》に、かわいらしい小《ちい》さなカップケーキが山《やま》づみにのっています。

スノードロップも、自分《じぶん》がつくった〈野《の》イチゴキラキラびっくり

シェイク〉を大《おお》きな水《みず》さしではこんできました。どんぐりのぼうしのカップに、つぎつぎとそそいでいきます。
ピュアはひとつを受《う》けとると、さっそくごくりとのみました。とたんに、クスクスわらうピュアの口《くち》から、ピンク色《いろ》のあわがシャボン玉《だま》のようにあふれます。そのあわがはじけると、こんどはピンクのキラキラがふりそそぎました。パジャマパー

ティーをしたときと同《おな》じです。

デイジーのカップケーキは、おどろくほど美《うつく》しいものでした。ひとつずつちがう色《いろ》のかがやくアイシングがかかっていて、どれも上に一こ、きらめく宝石《ほうせき》のようなキャンディーがのっています。

おまけにカップケーキにはもうひとつ、びっくりするひみつがありました。ピュアがひとつを手《て》にとろうとしたとたん、カップケーキはつぎつぎと宙《ちゅう》にうかびはじめたではありませんか。

「このケーキは〈フェアリーケーキ〉といって、すごくかるいから、いそいでつかまえないと、とんでいっちゃうの！」

デイジーはわらいながらそういうと、ぱっと宙《ちゅう》にとびたち、黄色《きいろ》いアイシングにピンクのキャンディーがのったケーキをつかみとりました。

それを見《み》ていたサルビアが、声《こえ》をかけます。

「ピュア、あたしがひとつとってきてあげるわ！」

けれども、スノードロップがいいことを思《おも》いつきました。

スカートのひだのあいだから、フェアリーパウダーのびんをとりだします。

「この魔法《まほう》はあまり長《なが》くはきかないのですけれど……」

そういうと、フェアリーパウダーをピュアの妖精《ようせい》の羽《はね》にふりかけました。すると、どうでしょう。妖精《ようせい》の羽《はね》がかってにはばたきはじめたのです。ピュアがとぼうと考《かんが》えただけで、羽《はね》が宙《ちゅう》へとつれていってくれます。

「わあ、ほんものの妖精《ようせい》になったみたい！」

さっそくピュアは空《そら》にむかって、たてや横《よこ》にくるんとまわりながらとんでみたあと、みごと、フェアリーケーキを一こつかまえました。エメラルドグリーンのアイシングに、ダイヤモンド形《がた》でむらさき色《いろ》のキャンディーがのっているケーキです。がまんできなくて、そのまますぐに、ぱくっと食《た》べてみました。

わあ、すごくおいしい！　こんなケーキ、食《た》べたことない！

どの味《あじ》にもにてないけれど、無理《むり》やりことばにしてみるなら、バニラと、チョコレートと、ストロベリーと……魔法《まほう》がまざった味《あじ》！

それからはみんなで、フェアリーケーキのおいかけっこがはじまりました。たてに横《よこ》にくるんとまわりながら、ワイワイみんなでひっ

しにケーキをつかまえます。しまいには、遠《とお》くにとんでいってしまってとどかなくなったケーキ以外《いがい》はぜんぶ、食《た》べおわりました。

おなかがいっぱいになった五人《にん》は、つぎつぎと地面《じめん》にかさなるようにたおれこみました。おなかをおさえながら、おかしくてわらいだします。

そのとき、「ふー」と思《おも》わずつぶやいたデイジーが、ふわふわうかびはじめてしまいました。

「うわ、ケーキをちょっと食《た》べすぎちゃったみたい！」

これには、みんな大《おお》わらい。

デイジーは自分《じぶん》がどこかへとんでいってしまわないよう、はたのぼうにしがみつかなければなりませんでした。

「デイジーのふわふわがおさまるまで、家《いえ》のなかであそびませんか？」

スノードロップのていあんに、みんながさんせいしました。このまま友《とも》だちが風《かぜ》にのってどこかへとんでいってしまうなんて、もちろんいやですから。

家《いえ》のなかでは、かくれんぼをすることになりました。

「わたしがオニでいいよ！」

ピュアが名《な》のりでました。二十までかぞえたら、さっそくみんなをさがしはじめます。まずは階段《かいだん》をのぼって、スノードロップの部屋《へや》に入《はい》ってみると……ピュアはくすりとわらいました。洋服《ようふく》だんすががたがたゆれていますし、とびらのすきまからだれかの足《あし》がつきでていたのです。

「しー！　音《おと》がきこえちゃうよ！」とブルーベルの声《こえ》。

ピュアはわらいをこらえて、そっと近《ちか》づくと、洋服《ようふく》だんすのとびらをぱっとひらきました。

スノードロップ、ブルーベル、サルビアが、つぎつぎにゆかにたおれこみ、デイジーがぴょんと天井《てんじょう》にとびだします。

「どうしてそんなにすぐに見《み》つけられるの？　うちら、しずかにしてたのに」

ブルーベルが目《め》を見《み》ひらいてたずねました。

ピュアはにんまりしそうになるのをおさえて、こたえました。

「たぶん、運《うん》がよかったんじゃないかな」

つぎはいちばん先《さき》に見《み》つかったスノードロップがオニです。ピュアはほかの三人《にん》といっしょに、ブルーベルのベッドの下《した》にかくれました。デイジーがふわふわ出《で》ていってしまわないよう、ピュアがきゅっとだきついています。それからかなり時間《じかん》がかかりましたが、スノードロップはどうにかみんなを見《み》つけられました。

そのつぎのオニはブルーベル。みんながバスルームのドアのかげにかくれていると、そのドアを大《おお》きくあけたものですから、四人《にん》ともあわてて「ブルーベル、ストーップ！」「つぶれちゃいますー！」とさけんで見《み》つかってしまいました。このころにはデイジーのふわふわはおさまって、ふつうにもどっていました。

さて、みんなはまた外《そと》に出《で》てみました。午後《ごご》のぎらつく太陽《たいよう》に目《め》をほそめます。

「よおし、フェアリーオニごっこしよう！　オニはわたし！」とデイジー。

そこでほかのみんなは「キャー！」「わー！」とさけびながら、ちりぢりにとんでにげはじめました。もちろん、ピュアもとんでいきます。みんなでくるくるころがるようにとんだり、直線《ちょくせん》で猛《もう》スピードでとんだり、大《おお》さわぎ。オニごっこは、ピュアの羽《はね》の魔法《まほう》がとけるまで、なんどもつづけました。

オニごっこをおえて、ハアハア息《いき》をととのえているとき、ピュアははっとしました。

そうだ、楽《たの》しいことがもりだくさんで、だいじなことをわすれて

た！

四人《にん》にとくべつなプレゼントをもってきていたのです。そもそも妖精《ようせい》ハウスに来《き》たのも、そのためでした。

「ねえみんな、わたしから四人《にん》に、とっておきのプレゼントがあるの」

ピュアはそういうと、玄関《げんかん》ドアまで行《い》って、もってきていたキャリーバッグをはこんできました。ピュアが魔法《まほう》で小《ちい》さくなるときに、バッグを手《て》でもって、いっしょに小《ちい》さくしていたのです。

ピュアはキャリーバッグをあけて、つつみをとりだしました。四人《にん》が目《め》を丸《まる》くして見《み》つめています。それは……プレゼント回《まわ》しゲーム用《よう》のプレゼント！

「午前中《ごぜんちゅう》にこのゲームをしたとき、うまくいかなかったでしょ？　それでもういちど、ちゃんとやってみたいなって思《おも》ったの！」

ピュアのことばに、四人《にん》は大《おお》よろこび。さっそく家《いえ》のなかにみんなで入《はい》って、バラの花《はな》びらのカーペットの上《うえ》にすわりました。スノードロップがまた、ピアノにフェアリーパウダーを少《すこ》しふりかけて、自動《じどう》で音楽《おんがく》がかなでられるようにします。

まもなく、音楽《おんがく》に合《あ》わせて、みんなでプレゼントのつつみをとなりへ回《まわ》しはじめました。音楽《おんがく》がやむたびに、プレゼントをもっていた人《ひと》がつつみ紙《がみ》を一まいやぶります。おかしが出《で》てくることもあれば、なにも出《で》てこないこともありました。なにももらえなかったときも、もう前《まえ》のように、がっかりしすぎる人《ひと》はいません。ただ、このゲームをつづけるのをみんなで楽《たの》しみます。

いよいよつぎのつつみ紙《がみ》がさいごの一まいのようです。だれもがわくわくしすぎて、じっとすわっているのがたいへんなほどです。

音楽《おんがく》がかなでられ、みんながプレゼントのつつみをとなりにわたしはじめました。プレゼントはぐるぐる、ぐるぐる、回《まわ》っていきます。ブルーベルは自分《じぶん》のところにプレゼントが来《く》るたびに、なかなかとなりにわたそうとしないので、「はやくしてよ！」とサルビアがいいました。

ついに音楽《おんがく》がやみました。プレゼントをもっていたのは……デイ

ジー！　しんじられない、というふうにプレゼントを見《み》ているデイジーに、ほかの四人《にん》は思《おも》わずわらいました。

デイジーがていねいにつつみ紙《がみ》をあけはじめました。中身《なかみ》はなんだろう、とみんながのぞきこみます。さいごのテープをきれいにはがすと、つつみ紙《がみ》がかんぜんにひらいて、銀色《ぎんいろ》のものがデイジーのひざにすべりおちました。

もちあげてみると、それは銀《ぎん》のネックレス！　すきとおった水色《みずいろ》の石《いし》がついています。まどからさしこむ日《ひ》の光《ひかり》に、石《いし》がかがやいています。

「わあ、すっごくきれい！」とブルーベル。

「ほんとに美《うつく》しいです……！」とスノードロップ。

ピュアはいたずらっぽくわらうと、みんなにいいました。

「ねえ、もっとよく見《み》て。なにか気《き》づかない？」

四人《にん》はとまどった顔《かお》をしながらも、ネックレスをじっと見《み》ました。

さいしょに気《き》づいたのはデイジーでした。

「これって……もしかして……ピュア、そういうことなの!?　わあ、ありがとう！」

「どういたしまして」

にこにこしながらピュアはこたえました。けれどもまだ、ほかの三人《にん》はこまった顔《かお》をしてネックレスを見《み》つめています。

ふいに、ブルーベルがさけびました。

「わかった、これってアクアマリンでしょ！　うちら、またひとつ手《て》に入《い》れたんだね！　オークの木《き》をすくう魔法《まほう》にひつような誕生石《たんじょうせき》を！」

「やったー！」

「バンザーイ！」

「よかった！」

「ピュア、すごい！」

四人《にん》が口《くち》ぐちにさけびます。そこでピュアはみんなにせつめいしました。アクセサリーショップ〈ハイホー・シルバー〉の商品券《しょうひんけん》を、ジェーンおばさんから誕生日《たんじょうび》プレゼントにもらったこと。さっそく、

おばさんとママといっしょにお店《みせ》に行《い》ったこと。

「ほんと、ラッキーだったなあ。お店《みせ》でアクアマリンのネックレスを見《み》たときには、びっくりしちゃった。もちろん、買《か》うものはこれ！　ってすぐにきめたんだ」

ふいにピュアはわらってしまいました。

誕生日《たんじょうび》に、みんなからプレゼントをもらうより、みんなにプレゼントをあげたほうが、しあわせな気分《きぶん》になれるなんて、なんだかおかしいの！

これであつまった誕生石《たんじょうせき》は七つです。オークの木《き》をすくう道《みち》を、また一歩《ぽ》すすめたことになります。

ピュアはさいこうの気分《きぶん》でいいました。

「みんな、ありがとう！　今《いま》まででいちばんの誕生日《たんじょうび》だったよ！」

それから友情《ゆうじょう》をたしかめるように、ピュアたちは、五人《にん》でぎゅーっとだきあいました。

The End

ひみつのダイアリー

○月×日

うち、反省《はんせい》してるんだ。

いくら人間《にんげん》のバースデーパーティーがはじめて

だからって、ピュアをがっかりさせちゃって。

だけど、あらためてひらいたフェアリーパーティーは、

もう、さいっこうに楽《たの》しかった！

この時間《じかん》がずっとつづけばいいのに！って思《おも》ったくらい。

史上《しじょう》サイテーのパーティーと、今《いま》までいちばんの

パーティーが同《おな》じ日《ひ》にあったなんてしんじられる？

それにしても、最後《さいご》にピュアのとびきりの

笑顔《えがお》が見《み》られて、ほんとに、ほんとによかった！

Bluebell《ブルーベル》

フェアリーパーティーハット特集《とくしゅう》

妖精《ようせい》★ファンルーム

あなたとわたしが、こうして会《あ》えたのは、
あなたが、この世界《せかい》に生《う》まれてきてくれたから。
これって、すごいと思《おも》わない！？　誕生日《たんじょうび》はとくべつな日《ひ》ってこと！
まわりにお誕生日《たんじょうび》の子《こ》がいたら、「おめでとう」ってつたえよう。
もしもパーティーをするなら、カタチなんて気《き》にしないで、
妖精《ようせい》たちみたいに、自由《じゆう》に楽《たの》しんじゃお♪
ブルーベルとサルビアみたいに、けんかだけはしないでね☆
さて、今回《こんかい》のファンルームは、妖精《ようせい》たちがつくった
ごうかなパーティーハットをあらためてご紹介《しょうかい》！
そして、切《き》ってそのままつかえるメッセージカードも
つけちゃいます。あなたのたいせつな人《ひと》に、
気持《きも》ちがとどきますように……。

妖精《ようせい》のメッセージカード

点線《てんせん》で切《き》りとって
つかってね★

▲山折《やまお》り

点線《てんせん》で切《き》りとって
つかってね★

作　ケリー・マケイン　（Kelly McKain）

イギリスのロンドン在住。大学卒業後コピーライターとしてはたらいたのち教師となる。生徒に本を読みきかせるうち、自分でも物語を書いてみようと思いたち、作家になった。邦訳作品に「ファッションガールズ」シリーズ（ポプラ社）がある。

訳　田中亜希子　（たなか あきこ）

千葉県生まれ。銀行勤務ののち翻訳者になる。訳書に『コッケモーモー！』（徳間書店）、「プリンセス☆マジック」シリーズ（ポプラ社）、「マーメイド・ガールズ」シリーズ（あすなろ書房）、『僕らの事情。』（求龍堂）、『迷子のアリたち』（小学館）など多数。

絵　まめゆか

東京都在住。東京家政大学短期大学部服飾美術科卒業。児童書の挿し絵を手掛けるイラストレーター。挿画作品に『プリンセス ララ＆サラの100まいのドレス きらめきジュエルをさがして』（学研プラス）などがある。

ひみつの妖精ハウス⑦

ひみつの妖精ハウス

きょうは誕生日パーティー！

2018年11月　第1刷

作　ケリー・マケイン
訳　田中亜希子
絵　まめゆか

発行者　長谷川 均
編集　斉藤尚美
発行所　株式会社ポプラ社
〒102-8519 東京都千代田区麹町4-2-6・9F
TEL 03-5877-8109（営業）　03-5877-8108（編集）
ホームページ　www.poplar.co.jp
印刷・製本　中央精版印刷株式会社

装丁・本文デザイン　吉沢千明

N.D.C.933/132P/20cm　ISBN978-4-591-16046-6

乱丁・落丁本はお取替えいたします。
小社宛てにご連絡をください。電話 0120-666-553
受付時間は月曜～金曜日、9:00～17:00（祝日・休日は除く）

P4131007